IL AVAIT...
LES MAINS DOUCES.
L'empreinte de la passion
TOUT VA BIEN ?
... OUI.
ALORS...
JE ME SUIS SERRÉ CONTRE LUI.
MAIS...

L'empreinte de la passion
page.1

AKINO !
TU ES LÀ !!
JE TE CHERCHAIS ! TU N'AS PLUS COURS AUJOURD'HUI, NON ?
ÔKUBO.
SI ON ALLAIT BOIRE UN COUP, CE SOIR ?
D'AC-CORD ?
C'EST MOI QUI INVITE !
DÉSOLÉ, JE N'AI PAS LE TEMPS.
J'AI COMMENCÉ UN PETIT BOULOT.

ÇA M'AIDE BEAUCOUP QUE TU SOIS LÀ, MASATO !
COMME CE N'EST PAS UN CAFÉ À LA MODE,
J'AI EU BEAUCOUP DE MAL À TROUVER QUELQU'UN POUR TRAVAILLER ICI !
C'EST VRAI ?
TOUT SEUL, LE SOIR, JE M'EN SORS À PEINE...
ON A VRAIMENT DU MONDE À CETTE HEURE-CI !
EN PLUS, TU VIENS TOUS LES JOURS !
J'AI DE LA CHANCE !

VOICI VOTRE CAFÉ BLUE MOUNTAIN.
C'EST MOI QUI SUIS CHANCEUX.
JE VOULAIS TRAVAILLER DANS CE SALON DE THÉ...
MAIS JE NE PENSAIS PAS QUE TOUT S'ARRAN-GERAIT SI BIEN.
MAIS...
ÇA FAIT TROIS JOURS QUE J'AI COMMENCÉ...
VAIS-JE LE REVOIR SI FACILE-MENT... ?
GRIII
BIENVENUE !

TIENS ?! SALUT KAZAOKA !
ガタン
CLANG
FILE-MOI UN CAFÉ !
IL EST LÀ !
ÇA FAIT UN BAIL ! T'AS FINI UN BOULOT ?
... J'EN AI L'AIR ?

NON, ABSOLUMENT PAS...
MAIS TU AS LE TEMPS DE VENIR ICI !
JE FAIS UNE PAUSE !
APPORTE-MOI VITE MON CAFÉ !
OUI, OUI !
T'AS UN NOUVEL EMPLOYÉ ?
BODOM
OUI, VOICI MASATO AKINO. IL EST ÉTUDIANT !
AH OUI ?
MASATO.
JE TE PRÉSENTE KAZAOKA, UN DE MES MEILLEURS AMIS.
BODOM
BODOM

BODOM
JE SAIS QUI IL EST.
COMME IL HABITE DANS LE COIN, IL SE RAMÈNE ICI TRÈS SOUVENT.
BODOM
C'EST UN MALIN QUI SÈCHE LE BOULOT EN VENANT ICI.
TAKA-SHI KA-ZAOKA, 29 ANS.
ALORS, NE LE CONSIDÈRE PAS COMME UN CLIENT !
DIS DONC, ASANO !
Ha ! Ha ! Ha !
C'EST LA VÉRITÉ, NON ?!
IL EST ROMAN-CIER.
EN... ENCHANTÉ DE VOUS CONNAÎTRE.

... SALUT.
C'EST L'HOMME QUE JE CHERCHAIS.
J'Y VAIS !
BONSOIR !

... PFF.
TOUT COMPTE FAIT, IL NE SE SOUVIENT PAS DE MOI... ?
JE NE L'AI RENCONTRÉ QU'UNE FOIS, IL Y A DEUX ANS.
C'EST NORMAL QU'IL NE M'AIT PAS RECONNU !
ET J'AI GRANDI DEPUIS...
MÊME MA COULEUR DE CHEVEUX EST DIFFÉRENTE.
À L'ÉPOQUE, JE NE LUI AVAIS MÊME PAS DIT MON NOM...
MAIS KAZAOKA N'A PRESQUE PAS CHANGÉ...

JE SUIS UN IDIOT...
D'AVOIR PENSÉ QU'IL S'EN RAPPELLERAIT...
« JE M'EN SOUVIENS. »
« J'AI BEAUCOUP PENSÉ À TOI. »
ET D'AVOIR ATTENDU CES PAROLES ...
JE SUIS VRAIMENT UN IMBÉCILE...

POUR MOI, C'EST UN SOUVENIR PRÉCIEUX...
MAIS POUR LUI, CE N'ÉTAIT PAS MÉMORABLE.
JE VAIS EN FINIR...
AVEC LES SENTIMENTS QUE J'ÉPROUVE DEPUIS DEUX ANS...
キイ...
CRII
ASANO N'EST PAS LÀ, AUJOURD'HUI ?

... AH !
LE PATRON EST ALLÉ FAIRE UNE COURSE...
CELUI-LÀ, ALORS ! IL TE LAISSE SEUL POUR TENIR LA BOUTIQUE ?
MAIS BON...
QUAND C'EST UN BEAU GARÇON COMME TOI QUI ME FAIT MON CAFÉ...
... !!
JE L'APPRÉCIE ENCORE PLUS !

TU ROUGIS !
カァッ
BLUSH
NE... NE VOUS MOQUEZ PAS DE MOI !
JE NE ME MOQUE PAS DE TOI.
JE SUIS SÉRIEUX.
...
ARRÊTEZ DE ME SOURIRE COMME ÇA...

DEPUIS QUE TU ES ARRIVÉ...
KAZAOKA VIENT PLUS SOUVENT !
AH... AH BON ?
VOUS VOUS FAITES DES IDÉES...
MAIS SI ! C'EST VRAI !
AVANT, IL SE MONTRAIT SEULEMENT À LA FIN D'UN BOULOT...
ET IL PARTAIT EN BOUGON-NANT.
POURTANT, DERNIÈREMENT, IL VIENT PRESQUE TOUS LES JOURS !
IL EST TRÈS OCCUPÉ ! C'EST VRAI...
OH !
QUAND ON PARLE DU LOUP...

Tu viens tard, aujourd'hui !
Ouais ...
Je lui plais peut-être un peu... ?
Alors, tu as enfin fini ton manuscrit ?
Félicitations !
...
Votre manuscrit... ? C'est votre travail ?
Ah... !
Merde... !
ギクッ
GLOUPS
Oui, c'est ça !
Kazaoka travaille dans l'édition !

C'EST PAS SUPER, COMME JOB.
MOI AUSSI, J'AIMERAIS TRAVAILLER DANS UNE MAISON D'ÉDITION.
J'AI TOUJOURS AIMÉ LES ROMANS...
AH BON... ? QUELS AUTEURS AIMES-TU ?
IL CACHE QU'IL EST ROMANCIER ?
IL NE VEUT PEUT-ÊTRE PAS LE DIRE AUX ÉTRANGERS ?
RIN OGURA, HIROKI LIOKA...
... ET PUIS, CES DERNIERS TEMPS, J'AIME BEAUCOUP TOMOHARU OKANO.
LA FAÇON DONT IL DÉVELOPPE SES INTRIGUES EST TRÈS INTÉRESSANTE, ET JE DÉVORE SES LIVRES.
HUMPF ...

PFF !
TU ES GÊNÉ, KAZAOKA ?
LA FERME !
PFF...
TOMOHARU OKANO EST MON NOM DE PLUME.
QUOI ?!

DIS, KAZAOKA !
TU ES VRAIMENT D'ACCORD...
POUR LUI RÉVÉLER... ?!
POUR LUI... ÇA IRA.
VOUS ÊTES TOMOHARU OKANO... ?
PARDON...
C'EST LA VÉRITÉ.
MERCI... DE LIRE MES LIVRES.
JE SUIS DÉSOLÉ.

J'ÉTAIS AU COURANT.
INCROYABLE... JE SUIS VRAIMENT HEUREUX...
... DE VOUS RENCONTRER.
PARDON... !!
AU FAIT.
MON NOUVEAU ROMAN SORT BIENTÔT.
J'EN AI REÇU QUELQUES EXEMPLAIRES, ALORS JE T'EN FILERAI UN !
... C'EST VRAI ?!
OUI.
MASATO, SI TU ALLAIS CHEZ KAZAOKA POUR QU'IL TE LE DONNE ?
TU AS FINI DE TRAVAILLER.
QUOI ?!
... MAIS...

OUI !
VIENS LE PRENDRE MAINTE-NANT !
O... OK.
KAZAOKA, TU LUI FERAS UNE DÉDICACE !
ET À MOI AUSSI !
FIXE
EX-CUSE-MOI.
J'AI UN APPEL POUR MON TRAVAIL.
ENTRE ET ASSIEDS-TOI OÙ TU VEUX EN ATTENDANT !

... AH !
BATAM
J'Y CROIS PAS ! JE SUIS CHEZ KAZAOKA !
Miaa
Miaa
T'ES MIGNONNE.
MON SOUHAIT DE LE REVOIR A ÉTÉ EXAUCÉ.
C'EST DUR DE CONTINUER À LUI MENTIR EN ÉTANT PRÈS DE LUI AINSI...

CE SOIR...
C'EST LA DERNIÈRE FOIS QUE JE LE VERRAI.
EXCUSE-MOI DE T'AVOIR FAIT AUTANT ATTENDRE !
MON APPEL A TRAÎNÉ EN LONGUEUR...
C'ÉTAIT POUR...

Miaa
Zzz
IL ÉTAIT FATIGUÉ PAR SON BOULOT... ?

HMM...
...
HUP
HEIN ?!

AH...
EUH ?
À L'INSTANT...
JE... ME SUIS EN-DORMI... !
VOUS SAVEZ... !

MOI...
JE VOUS AVAIS DÉJÀ VU. DANS UN BAR... LE SOLID.
CAR...
MOI AUSSI... JE SUIS COMME ÇA...
ET DEPUIS, JE PENSE À VOUS, KAZAOKA.

C'EST UNE DÉCLARATION ?
... OUI.
DÉSOLÉ ...
MAIS JE N'AI PAS ENVIE DE SORTIR AVEC QUELQU'UN.
JE SAIS.
CET HOMME NE COUCHE QUE POUR S'AMUSER !
IL N'A PAS DE RELATIONS SÉRIEUSES...
JE NE VOUS PARLE PAS DE SORTIR ENSEMBLE...

VOUS N'AVEZ PAS ENVIE DE MOI... ?
PARCE QUE JE NE VEUX QUE CETTE NUIT...
ÇA SUFFIT... FINISSONS-EN LÀ.
JE VEUX COUCHER AVEC VOUS...

GRIP
AH... !
HAAN !
GRAC
HAAN !
AAH... !
GRAC
PUSH
AAH !

KAZAO...
HMM !
GRIP
HMM... !
TU ES BIEN FOUTU ! ÇA ME PLAÎT !
FWAP
AH...

AAH...
HAAN... !
MAINTENANT...
...
JE PEUX ENFIN RENONCER.
... KAZAOKA.
ADIEU.

Miaa
HUN...
AÏE ! AÏE... ! NE ME MORDS PAS !
... J'AI COMPRIS.
Maa
JE ME LÈVE, MAKO... !
IL EST DÉJÀ MIDI PASSÉ ? J'AI TROP DORMI.
ÇA FAISAIT LONGTEMPS QUE JE MANQUAIS DE SOMMEIL...
MASATO ...
IL EST PARTI ?

OUI ! OUI ! JE TE DONNE À MANGER !
JE VOUDRAIS UN CAFÉ.
MASATO NE TRAVAILLE PAS AUJOUR-D'HUI ?
FIGURE-TOI QU'IL M'A SUBITEMENT APPELÉ TOUT À L'HEURE...
POUR ME DIRE QU'IL DÉMIS-SIONNAIT !

IL A DÉMISSIONNÉ... ?
L'EMPREINTE DE LA PASSION, PAGE 1 * FIN

L'empreinte de la passion
page.2

QUAND JE N'AVAIS PAS MA PLACE CHEZ MES PARENTS...
ET QUE JE PASSAIS MES NUITS À ERRER EN VILLE...
RENCONTRER KAZAOKA...
N'AURAIT PEUT-ÊTRE RIEN SIGNIFIÉ POUR UN AUTRE...
MAIS POUR MOI, C'EST UN SOUVENIR PRÉCIEUX.
ET QU'IMPORTE SI J'AI ÉTÉ BLESSÉ APRÈS...

PENDANT DEUX ANS...
J'AI ÉTÉ AMOUREUX DE LUI... !
AU DÉBUT, J'ÉTAIS HEUREUX DE LE RETROUVER...
POURTANT, EN LE REVOYANT, J'AI VOULU QU'IL M'AIME...
J'AI EU ENVIE DE LUI...
MON DÉSIR A AUGMENTÉ...
SI J'ÉTAIS RESTÉ PLUS LONGTEMPS...
J'AURAIS ÉTÉ UNE GÊNE POUR LUI...
ALORS... IL VALAIT MIEUX QUE JE PARTE...

T'AS QUITTÉ TON BOULOT ?
MAIS TU VENAIS JUSTE DE COMMENCER, NON ?
OUI... C'EST VRAI, MAIS...
T'AS EU DES PROBLÈMES LÀ-BAS ?
NON. CE N'EST PAS ÇA.
C'EST PLUTÔT QUE ÇA NE ME CONVENAIT PAS...
MON DÉPART PRÉCIPITÉ A DÛ CAUSER DES SOUCIS AU PATRON.

AH... DU COUP, TU ES LIBRE LE SOIR !
OUI.
ALORS...
ALLONS BOIRE UN POT APRÈS !
JE NE SAIS COMMENT...
J'AI RÉALISÉ QU'ÔKUBO... ÉTAIT AMOUREUX DE MOI.
JUSQU'À PRÉSENT, JE LE REPOUSSAIS PARCE QUE J'AIMAIS KAZAOKA, MAIS...
... C'EST D'ACCORD !
QUOI... ?
T'ES SÉRIEUX ?!
TU VAS VRAIMENT VENIR BOIRE UN COUP AVEC MOI ?
OUI.

OUAIIS !!
C'EST LA PREMIÈRE FOIS QU'ON VA BOIRE UN POT EN TÊTE À TÊTE, AKINO !
C'EST VRAI ?
MAIS OUI !
JE SUIS SUPER CONTENT !
IL VAUT PEUT-ÊTRE MIEUX QUE JE COMMENCE À AIMER QUELQU'UN D'AUTRE.

JE DOIS OUBLIER KAZAOKA ...
KAZA... KAZAOKA ?!

FAUT QUE JE TE PARLE, MASATO.
QUI C'EST ?
TU LE CONNAIS ?
POURQUOI EST-IL ICI... ?
DÉSOLÉ !
EUH... !
GRIP
JE DOIS PARLER À MASATO. IL VIENT AVEC MOI !
KAZAOKA ?!

AKINO ?!
AH...
ÔKUBO... PARDON.
À BIENTÔT !
QUOI ?!
BLAM
... C'EST QUI CE MEC ?

FRRTT
...
POURQUOI...
M'A-T-IL AMENÉ ICI ?
IL N'A RIEN DIT DANS LA VOITURE...
MAIS...
IL A L'AIR DE TRÈS MAUVAISE HUMEUR...

EUH...
KAZAOKA...
COMMENT SAVIEZ-VOUS POUR MA FAC... ?
PFF
J'AI LU TON FORMULAIRE D'EMBAUCHE POUR LE CAFÉ ET J'AI APPELÉ TON PORTABLE...
MAIS T'AS PAS DÉCROCHÉ.
... JE NE RÉPONDS PAS AUX NUMÉROS QUE JE NE CONNAIS PAS...
GRUISH
J'AVAIS L'INTENTION DE PASSER CHEZ TOI...
MAIS AVANT JE SUIS ALLÉ À L'UNIVERSITÉ.

VOUS ÊTES VENU EXPRÈS JUSQU'À MA FAC...
... IL Y A UNE URGENCE ?
CRAC
JE VEUX SAVOIR POURQUOI TU AS FILÉ COMME UN VOLEUR, APRÈS QU'ON AIT COUCHÉ ENSEMBLE !

J'AI FILÉ COMME UN VOLEUR... ?!
APRÈS QU'ON AIT COUCHÉ ENSEMBLE ?!
TU AS DISPARU TOUT DE SUITE APRÈS...
T'AS DÉMISSIONNÉ ET T'ÉTAIS INJOIGNABLE.
ÇA S'APPELLE FILER COMME UN VOLEUR, NON ?!
JE... C'ÉTAIT...
TU VAS ME DIRE QUE JE SUIS UN MAUVAIS COUP ?
CE...
N'EST PAS... ÇA.
カァーッ
BLUSH

C'EST SÛR !
T'AVAIS UN PETIT AIR LASCIF ET HYPER EXCITÉ !
KAZAO...
ギュッ
GRIP
AH ?!
ビクッ
BRR
POURTANT, TON CORPS RÉAGIT...
KA... KAZAOKA !

ALORS, POURQUOI T'ES-TU ENFUI ?
AÏE... !
GLOUPS
POURQUOI ?
ALORS QUE J'ALLAIS RENONCER À LUI, POURQUOI ME POURSUIT-IL ?!
MAIS D'ABORD, C'EST LUI QUI ME L'AVAIT DIT ?!
VOUS NE VOULIEZ PAS DE PETIT AMI !
ALORS, JE N'ESPÉRAIS QU'UNE SEULE NUIT...

OUI...
C'EST VRAI !
PFF
HÉ ! HÉ !
J'AI CHANGÉ D'AVIS.
QUOI ?
JUSQU'À PRÉSENT, JE N'AVAIS PAS ENVIE D'AVOIR UN PETIT AMI...
MAIS COMME ON S'ENTEND BIEN PHYSIQUEMENT ...

UNE SEULE FOIS, ÇA NE ME SUFFIT PAS !
C'EST PAREIL POUR TOI, NON ?
BODOM
SI ON SORTAIT ENSEMBLE, JUSTE POUR ESSAYER ?
SI ÇA NE VA PAS, ON SE SÉPARERA.
C'EST...
ALORS QUE J'ALLAIS...
RENONCER À LUI...

LAISSE-MOI
BIEN GENTIMENT
TE PRENDRE !
HMM...

SCRATCH
SCRATCH
Miaa
TCHAC
ギュウウ
GRASP
Miaa
QUE FAIRE ?
QUE FAIRE ?
J'AI ENCORE COUCHÉ AVEC LUI.

QUE VAIS-JE FAIRE... ?
SI ON SORTAIT ENSEMBLE ?
JE L'AIME DEPUIS SI LONGTEMPS...
POURTANT, J'AVAIS L'INTENTION DE RENONCER À LUI.
EST-CE QUE JE PEUX RESTER AVEC LUI... ?
AI-JE LE DROIT DE CONTINUER À L'AIMER... ?

FLAP
KAZAOKA NE VA SANS DOUTE PAS FINIR TÔT !
HEIN, MAKO ?
Tomoharu Okano
C'EST GRÂCE À CETTE PHOTO QUE J'AI SU QU'IL ÉTAIT TOMOHARU OKANO.

JE N'AURAIS JAMAIS CRU QUE JE POURRAIS LE REVOIR...
ET EN PLUS, D'ÊTRE AINSI...
カァッ
BLUSH
CHEZ LUI, EN TANT QUE PETIT... PETIT AMI...
ヒョイ
HOP
POURQUOI T'ES TOUT ROUGE ?
T'AS DE LA FIÈVRE ?
OUAH ?!
NON... PAS DU TOUT.
VOUS AVEZ FINI DE TRAVAILLER ?
AH, DÉSOLÉ !
JE TE FAIS ATTENDRE APRÈS T'AVOIR FAIT VENIR.
CE N'EST RIEN.
TU NE L'AS PAS ENCORE LU ?

SI, JE L'AI DÉJÀ LU !
MAIS JE GARDE PRÉCIEUSEMENT CHEZ MOI LE LIVRE QUE VOUS M'AVEZ DÉDICACÉ.
CELUI-CI, JE L'AI ACHETÉ. IL EST RÉSERVÉ À LA LECTURE.
C'EST LA TROISIÈME FOIS QUE JE LE LIS.
TU AURAIS DÛ ME LE DIRE ! JE T'EN AURAIS DONNÉ UN !
EUH... ? MAIS...
EN VOYANT LA QUEUE À LA LIBRAIRIE, J'ÉTAIS SI HEUREUX...
QUE JE L'AI ACHETÉ SANS Y PENSER.

…
QUOI ?
MASATO. AVANT…
NON… RIEN.
J'AI DÛ RÊVER…
TU ES ADORABLE, MASATO !
BLUSH
QUOI… ?!
JE NE SUIS PAS ADO…
HMM…

JE TE DIS QUE TU L'ES !
JE SUIS TROP HEUREUX ET J'AI PEUR.
SI KAZAOKA SE SOUVIENT DE CE QUI S'EST PASSÉ...
COMMENT LE PRENDRA-T-IL ?

ALORS, SI TU N'ÉTAIS PAS VENU DEPUIS UN MOMENT...
C'EST PARCE QUE TU AS UN PETIT AMI.
TU M'AS POURTANT DIT QUE TU N'EN VOULAIS PAS.
C'EST TOUT RÉCENT.
EN PLUS, C'EST JUSTE UN ESSAI...
HÉ ! HÉ !
MAIS OUI ! C'EST ÇA !
TU FAIS DES CONCESSIONS POUR QUE ÇA SE PASSE BIEN !

MAIS QUE TON MEC SOIT UN CLIENT DE MON BAR...
ÇA ME FAIT PLAISIR !
Humpf
... AU FAIT, IL Y A ENVIRON SIX MOIS...
IL Y A UN GAMIN QUI TE CHERCHAIT !
QUEL SUCCÈS, MON BEAU ! ♡
JE M'EN SOUVIENS, CAR IL ÉTAIT VRAIMENT MIGNON !
JE CROIS BIEN...
QU'IL S'APPELAIT MASATO.
MASATO ?
LUI... ?
HÉ ! HÉ !
EN FAIT, IL...
C'EST ÇA !

L'EMPREINTE DE LA PASSION, PAGE 2 ✱ FIN

L'empreinte de la passion
page.3

KAZAOKA M'A DIT QUE SON TRAVAIL SE TERMINAIT HIER !
AUJOURD'HUI, JE VAIS POUVOIR LE VOIR...
KAZAO-KA ?
VOUS AVEZ FINI ?

C'EST VRAI ?! JE SUIS CONTENT !
ALORS, ON PEUT SE VOIR CE SOIR ?
OUI...
MOI AUSSI, JE DOIS TE PARLER...
VIENS CHEZ MOI.
...

JE NE PENSAIS PAS QUE TU RÉVÈLERAIS TON NOM DE PLUME À MASATO !
JE NE LE CACHE PAS VRAIMENT.
JE N'AIME PAS EN PARLER.
J'EN AI ASSEZ DE CES SOI-DISANT AMIS QUI SE SONT MULTIPLIÉS QUAND JE SUIS DEVENU CÉLÈBRE !
PFF
CETTE FEMME QUI TE HARCELAIT, C'ÉTAIT TERRIBLE !
MAIS C'EST ÇA QUI PLAÎT À MASATO, NON ?
C'EST SÛR QUE ÇA LUI PLAISAIT.

Bonjour, Mako !
COMMENT ON FAIT POUR LE REPAS DE CE SOIR ?
ON MANGE DEHORS ?
JE PEUX CUISINER QUELQUE CHOSE DE SIMPLE, SI ÇA VOUS VA.
MASATO, VIENS PAR ICI !
?
TU M'AS DIT QUE TU M'AVAIS DÉJÀ VU DANS UN BAR AVANT.
MAIS, SELON LE PATRON...

TU AS POSÉ PLEIN DE QUESTIONS SUR MOI !
... QUOI ?
POUR ÊTRE PRÉCIS...
IL PARAÎT QUE TU CHERCHAIS LE ROMANCIER TOMOHARU OKANO.
ALORS QUE TU ÉTAIS CENSÉ NE PAS SAVOIR...
QUE C'ÉTAIT MOI !

TU M'AS MENTI ?
AH...
QUE VAIS-JE FAIRE ?
IL L'A DÉCOUVERT !!
PAR... PARDON.
TU TRAVAILLAIS CHEZ ASANO POUR TE RAPPROCHER DE TOMOHARU OKANO ?
TOI AUSSI TU VOULAIS CÔTOYER UNE CÉLÉBRITÉ ?

OU ALORS...
TU T'INTÉRESSAIS À L'ARGENT ?
C'EST ... C'EST FAUX !!
JE NE VEUX PAS D'ARGENT ... !!
MOI...
JE VOULAIS SEULEMENT REVOIR KAZAOKA...
JUSTE UNE FOIS... !!
J'AI HORREUR QU'ON ME MENTE.

VA-T'EN !
ET JE NE VEUX PLUS TE REVOIR !
JE...
...
JE SUIS DÉSOLÉ...
TAP
TAP
TAP
TAP

バタン
BATAM
MERDE !!
FINALEMENT, MASATO ÉTAIT COMME LES AUTRES... ?
TOUS À S'AGGLUTINER COMME DES MOUCHES...
SUR LA CÉLÉBRITÉ ET L'ARGENT !!
EN VOYANT LA QUEUE À LA LIBRAIRIE, J'ÉTAIS SI HEUREUX...
QUE JE L'AI ACHETÉ SANS Y PENSER.

...
... JE SUIS UN IMBÉCILE.
GRRP
JE L'AI APPROCHÉ EN LUI MENTANT ...
C'EST NORMAL QU'IL ME DÉTESTE.
... BOUH !
IL Y A DEUX ANS...

T'ES TOUT SEUL ?
J'AI TROMPÉ KAZAOKA.
ET J'AI REFAIT LA MÊME CHOSE.
LA PREMIÈRE FOIS, IL M'AVAIT PARDONNÉ, MAIS CETTE FOIS-CI...
BOUH...
BOUH !
DING DONG

CHOUETTE ! TU ES LÀ, AKINO.
VOICI LE LIVRE QUE JE T'AVAIS EMPRUNTÉ.
TU M'AVAIS DIT QUE TU EN AVAIS BESOIN POUR DEMAIN !
J'AVAIS OUBLIÉ DE...
AKINO ?
QUE... QU'EST-CE QU'IL Y A ?
IL S'EST PASSÉ QUELQUE CHOSE ?
... NON.
RIEN DU TOUT !
MERCI D'ÊTRE PASSÉ EXPRÈS POUR ME LE RAMENER.
BON...

BIEN SÛR QU'IL Y A QUELQUE CHOSE !
T'AS LES YEUX ROUGES, T'AS PLEURÉ ?!
CE TYPE QUI EST VENU À LA FAC L'AUTRE JOUR !
C'EST À CAUSE DE LUI ?!
ÔKUBO !
COM-MENT... ?
... J'EN ÉTAIS SÛR.
EST-CE QUE...
TU SORS AVEC LUI ?

QUOI... ?
MOI...
JE T'AIME DEPUIS LONGTEMPS...
AKINO...
... ÔKUBO.
GRIP
J'AI DÉJÀ VU CE MEC !

KAZAOKA !
QUELLE RELATION T'AS AVEC LUI ?
VOUS COUCHEZ ENSEMBLE ?
HEIN... ?
DIS DONC !!
ÇA VEUT DIRE QUOI, ÇA ?!

ET TOI, T'ES QUI POUR AKINO ?!
GRIP
LÂCHE-MOI.
ÔKUBO !
ARRÊTE !!
MINCE !
MOI, JE SUIS AMOUREUX DE LUI !!
SI TU LE FAIS PLEURER...
IL EST À MOI !!

TU CROIS QUE
JE VAIS TE LE
DONNER ?
GRIP
MASATO
M'APPARTIENT.

CELUI QUI N'EST PAS CONCERNÉ, C'EST TOI !
ALORS, DISPARAIS EN VITESSE !
... UH !

EUH...
ÔKUBO EST JUSTE UN AMI...
PFF
JE SUIS DÉSOLÉ...
D'AVOIR CRIÉ SANS T'ÉCOUTER TOUT À L'HEURE.
J'ÉTAIS EN COLÈRE.
SEULEMENT, JE LE SUIS TOUJOURS.

POURQUOI M'AS-TU MENTI ?
EXPLIQUE-TOI.
...
IL Y A DEUX ANS...
NOUS NOUS SOMMES RENCONTRÉS.
IL NE S'EN SOUVIENT PAS, MAIS...
ET...

MOI...
J'AI COUCHÉ AVEC VOUS.
LORSQUE J'ÉTAIS SEUL EN VILLE LA NUIT...
ON ME FAISAIT SOUVENT CE GENRE DE PROPOSITION.
DIS, TOI !
COMBIEN POUR LA NUIT ?
JE NE VOULAIS PAS RENTRER CHEZ MOI...
ET J'AVAIS BESOIN D'ARGENT POUR M'AMUSER.

JE NE VOULAIS PAS VENDRE MON CORPS...
MAIS JE NE ME SENTAIS PAS COUPABLE DE PIQUER DU FRIC...
À UN PERVERS QUI VOULAIT ME SAUTER.
FLSHH
ALORS ...
OH... !
IL EST PLEIN AUX AS !
LE TYPE QUI M'AVAIT ABORDÉ CE JOUR-LÀ AURAIT DÛ ÊTRE...
COMME TOUS LES AUTRES ...
GRASP
TU FAIS TOUJOURS CE GENRE DE CHOSES ?

GRIP
J'AI TROUVÉ TRÈS LOUCHE QUE TU INSISTES POUR QUE J'AILLE ME DOUCHER AVANT.
CE N'EST PAS BIEN DE FAIRE ÇA !
AÏE !!
LES VILAINS GARÇONS DOIVENT ÊTRE PUNIS.

NON !!
LÂCHE-MOI !
JE NE VEUX PAS... !
TIENS-TOI TRANQUILLE ! JE NE VEUX PAS TE BLESSER !
SLIP
AÏE... !!
CLOOPS
JE POURRAIS TE PÉNÉTRER DE FORCE.
MAIS, JE SUIS GENTIL AVEC TOI.
NON... !
FLATCH
NON ! NON !
FLATCH
ENLÈVE... ÇA !
AH ! HAAN !
FLATCH

TU ÉTAIS PRÉPARÉ À CE QUE L'ON TE FASSE ÇA, NON ?
JE POURRAIS TE FAIRE SUBIR BIEN PIRE !
HMM... URGH !
FLAC
!!!
AÏE !!
C'EST SERRÉ... !
... DIS-MOI !
C'EST TA PREMIÈRE FOIS ?
... BOUH !
PLOC
PLOC

... SÉRIEU-SEMENT ?!
BOUH !
HOU !
Snif
HOP HOP
TU FAISAIS ÇA ALORS QUE TU N'AVAIS JAMAIS COUCHÉ AVEC UN HOMME... ?
PFF
GRIP
AH...
HMM...
SMACK SMACK
PFF...
AH ?!
GNIP

AAH... !!
ARRÊTE... NE ME TOUCHE PAS... !!
FLATCH
CE SERAIT PÉNIBLE POUR TOI D'EN RESTER LÀ !
HAAN !
FLATCH
HAAN !
HAAN !
FLATCH
AH !
FLATCH
A... ARRÊTE !
AH !
AAH !
HMMM !
FLATCH
AH... ! JE VAIS...
JE VAIS TE FAIRE JOUIR !

JE SUIS DÉSOLÉ !
SI J'AVAIS SU QUE C'ÉTAIT TA PREMIÈRE FOIS...
J'Y SERAIS ALLÉ DOUCEMENT DÈS LE DÉBUT...
ALORS QUE JE VOULAIS LE VOLER...
POURQUOI CET HOMME...
ME TOUCHE AVEC DES MAINS SI DOUCES ?
PUISQUE JE TE DIS QUE ÇA VA !
GRIP
JE PENSAIS QUE JE NE POURRAIS CROIRE EN PERSONNE.

MAIS...
LES MAINS DE CET HOMME ÉTAIENT SI DOUCES...
J'AVAIS L'IMPRESSION QUE JE POUVAIS LUI FAIRE CONFIANCE.
TON NUMÉRO ...
... DE TÉLÉ-PHONE ?
OUI.
S'IL ARRIVE QUOI QUE CE SOIT, APPELLE-MOI !
POF
ALORS...
NE REFAIS PLUS JAMAIS ÇA !

OU... OUI...
C'ÉTAIT TOI... ?!
TES CHEVEUX ÉTAIENT D'UNE COULEUR DIFFÉRENTE...
JE NE T'AVAIS PAS RECONNU...
MOI, JE N'AI PAS PU L'OUBLIER ET J'AI VOULU LE REVOIR...
JE VOUS AI APPELÉ.

QUAND JE L'AI FAIT...
CE NUMÉRO N'ÉTAIT PAS ATTRIBUÉ.
L'EMPREINTE DE LA PASSION; PAGE 3 * FIN

L'empreinte de la passion
page.4

Takashi Kazaoka
Masato Akino

IL N'ÉTAIT PAS ATTRIBUÉ... ?
... CE N'EST PAS GRAVE.
D'AUTANT QUE JE N'AURAIS PAS DÛ APPELER.
À L'ÉPOQUE OÙ JE VOUS AI RENCONTRÉ...

MES PARENTS NE FAISAIENT QUE SE DISPUTER...
JE NE VOULAIS PAS LES VOIR COMME ÇA...
ALORS, JE SORTAIS ET JE ME BALADAIS SANS BUT.
QUAND J'Y REPENSE, JE VOULAIS QU'ILS S'INQUIÈTENT POUR MOI !
MAIS ILS NE ME REGARDAIENT PAS...
ILS S'EN FICHENT DE MOI !!
C'EST À CETTE ÉPOQUE QUE JE VOUS AI RENCONTRÉ...

ET J'AI DÉCIDÉ DE M'EXPLIQUER AVEC EUX...
J'AI COMPRIS QUE C'ÉTAIT DUR POUR EUX AUSSI...
ILS ONT FINALEMENT DÉCIDÉ DE DIVORCER...
MAIS MAINTENANT... ÇA SE PASSE MIEUX AVEC EUX.
ENSUITE, JE VOUS AI APPELÉ, KAZAOKA.
JE VOULAIS... VOUS REMERCIER...
MAIS JE N'AI PAS PU VOUS LE DIRE...
HÉ !

ATTENDS...
UNE MINUTE !
À CETTE ÉPOQUE...
IL Y A UNE RAISON POUR LAQUELLE MON NUMÉRO ÉTAIT COUPÉ.
UNE RAISON ?

OUI...
QUAND JE T'AI RENCONTRÉ...
J'ÉTAIS ENCORE UN EMPLOYÉ...
JE COMMENÇAIS À ÉCRIRE...
ET J'AI DÉCIDÉ D'EN VIVRE...
TU DÉMISSIONNES ?!
C'EST UNE PLAISANTERIE ?
MAIS QU'EST-CE QUE JE VAIS DEVENIR ?!
UN CHÔMEUR, TRÈS PEU POUR MOI !!
IL AVAIT UNE PETITE AMIE...
SCHTAC
JE NE REGRETTE PAS CETTE FILLE...

MAIS QUAND ELLE A APPRIS QUE J'AVAIS REÇU UN PRIX...
ELLE A CHANGÉ D'ATTITUDE.
ELLE A LOURDEMENT INSISTÉ POUR QU'ON SE REMETTE ENSEMBLE.
J'AI REFUSÉ...
MAIS ELLE M'APPELAIT ! ET ELLE SE POINTAIT CHEZ MOI !
EN PLUS D'ELLE, DES SOI-DISANT AMIS...
ET DES PARENTS QUE JE N'AVAIS JAMAIS VUS SONT APPARUS...
J'EN AI EU ASSEZ ET J'AI DÉMÉNAGÉ...
J'AI AUSSI CHANGÉ MON NUMÉRO DE PORTABLE.

JE ME SOUVENAIS QUE JE TE L'AVAIS DONNÉ...
MAIS COMME TU NE M'AVAIS TOUJOURS PAS CONTACTÉ, J'AI PENSÉ QUE TU NE LE FERAIS PAS.
JE SUIS DÉSOLÉ.
JE CROYAIS QU'IL M'AVAIT DONNÉ UN FAUX NUMÉRO...
ALORS...
C'ÉTAIT POUR ÇA ?
BIEN...
JE SUIS CONTENT.
MAIS...

JE SUIS HEUREUX D'AVOIR PU TE RETROUVER AINSI !

...
PARCE QUE SES MAINS...
ONT CETTE DOUCEUR...
MASATO... ?
DEPUIS CETTE ÉPOQUE...
J'AI TOUJOURS VOULU VOUS REVOIR...
KAZAO-KA...

JE VOUS AI TOUJOURS AIMÉ.
ALORS, EN APPRENANT PAR HASARD QUE VOUS ÉTIEZ TOMOHARU OKANO...
J'AI VOULU ME RAPPROCHER DE VOUS...
J'AI FAIT DES RECHERCHES...
ET J'AI COMMENCÉ À TRAVAILLER CHEZ MONSIEUR ASANO.
JE SUIS DÉSOLÉ...
D'AVOIR MENTI...

JE SUIS CONTENT D'AVOIR ÉTÉ FRANC !
VOUS NE VOUS EN RAPPELIEZ SANS DOUTE PAS...
LE REVOIR... AVAIT SUFFI À MON BONHEUR.
EN PLUS...
JE N'AURAIS PU LUI AVOUER QUE J'AVAIS ÉTÉ SON PARTENAIRE D'UN SOIR !
TU SAIS, JE ME SOUVENAIS DE TOI !
AU DÉBUT, JE ME DISAIS « C'EST QUOI, CE GOSSE ? »...
MAIS EN TE VOYANT SANGLOTER EN TE CRAMPON-NANT À MOI...
JE N'AI PAS PU TE LAISSER.

MAIS...
À L'ÉPOQUE, TU ÉTAIS BLOND ET PLUS PETIT !
COMMENT AURAIS-JE PU TE RECONNAÎTRE ?!
TU ES PLUS BEAU MAINTENANT.
QUOI... ?

KAZAOKA... ?
JE SUIS TON PREMIER AMANT.
EST-CE QUE TU AS COUCHÉ AVEC D'AUTRES APRÈS ?
JE VOUS AI DIT...
QUE JE VOUS AVAIS TOUJOURS AIMÉ, NON... ?!
GRIP
ET LE GAMIN TOUT À L'HEURE ? IL T'A FAIT UNE DÉCLARATION !
O... OUI, C'EST VRAI...
MAIS MOI, JE VOUS AIME, KAZAOKA !

TU ES ADORABLE, MASATO !
FSS
GRR
VOUS VOUS MOQUEZ DE MOI ?
PAS DU TOUT !
J'AIME TA SINCÉRITÉ...

BRR
AH...
AH !
BRR
BRR
HAAN... !
KAZAO...
KA...
EUH...
Fff
Fff

QUOI ?
Fff
DANS CETTE CHAMBRE...
LES MURS SONT MINCES...
Fff
HÉ ! HÉ !
ALORS, TU DEVRAIS ÉVITER DE CRIER.
C'EST IMPOSSIBLE... !
KAZAOKA M'A DIT QU'IL M'AIMAIT...
NON... !
MON CORPS EST SI CHAUD...
QUE J'AI L'IMPRESSION QUE JE VAIS FONDRE !

JE...
VAIS CRIER...
AH ?!
GRIP
HMMM... !

... AH !
AAH...
NON...
SCHLAP
KAZAO... KA !
PFF...
HMM... !
HMM !

AAH... MMM...
FLITCH
HAAN...
FLATCH
NE T'INQUIÈTE PAS POUR QUELQUES CRIS !
JE VAIS TE LES FAIRE OUBLIER !
AH...
AAH... !
PUSH

FLAC
KAZAO... KA...
FLAC
JE VEUX QUE TU NE RESSENTES QUE MOI !

AH BON... ?
TU SORS AVEC CE TYPE... ?
OUI... DÉSOLÉ !
JE CONNAISSAIS POURTANT LES SENTIMENTS D'ÔKUBO...

AAH...
JE PENSAIS BIEN QUE ÇA FINIRAIT COMME ÇA.
QUOI ?
カァァ
BLUSH
TU SAIS, AVEC CE MEC, TU ES TRÈS PASSIONNÉ !
PARCE QUE TU L'AIMES, J'VEUX DIRE !
ME DÉCLARER, C'ÉTAIT MON DERNIER RECOURS ! ALORS, NE T'EN FAIS PAS !
SI JAMAIS VOUS CASSEZ, FAIS-MOI SIGNE ! JE T'ATTENDRAI !

J'AI PU RECOMMENCER À TRAVAILLER AU SALON DE THÉ.
JE SUIS VRAIMENT DÉSOLÉ...
D'ÊTRE PARTI AUSSI SUBITEMENT.
MAIS JE N'AI PAS DONNÉ DE DÉTAILS.
PFF
FINALEMENT, SI AKINO EST PARTI, C'EST DE TA FAUTE, KAZAOKA ?
VOUS... VOUS VOUS TROMPEZ !

POURQUOI J'AURAIS VOULU QU'IL DÉMISSIONNE ?!
AKINO ! IL TE CONVIENT VRAIMENT CE TYPE ?!
C'EST UNE VRAIE PLAIE !
...
OUI...
IL DIT QUE ÇA LUI VA.
ALORS, FINI LES CRITIQUES !
BIP

ALLÔ ?
NON, JE NE SUIS PAS CHEZ MOI.
OUI... ENTENDU.
LE BOULOT ?
Zut !
OUI.
MON ÉDITEUR VA PASSER CHEZ MOI.
MASA-TO.
VIENS À LA MAISON QUAND TU AURAS FINI !
JE T'ATTENDRAI.
O... OK.

MAIS JE SUIS CONTENT QUE TU SORTES AVEC KAZAOKA, AKINO !
HEIN... ?
IL A REÇU UN PRIX IMPORTANT ET PUBLIÉ DES ROMANS À SUCCÈS.
À CAUSE DE TOUS CES GENS QUI L'ONT APPROCHÉ PAR INTÉRÊT...
PENDANT UN TEMPS, C'ÉTAIT TERRIBLE, CAR IL SE MÉFIAIT DE TOUT LE MONDE.
IL CRAIGNAIT DE NE PLUS AVOIR PERSONNE.
POURTANT, DEPUIS LE DÉBUT, TU LUI PLAISAIS, AKINO...
... IL PLAÇAIT SES ESPOIRS EN TOI.

QUAND TU AS DÉMISSIONNÉ, C'ÉTAIT TRÈS PÉNIBLE PARCE QU'IL ÉTAIT D'UNE HUMEUR ATROCE !
PATRON, LA MÊME CHOSE !
OUI !
J'AI BLESSÉ KAZAOKA...
MOI AUSSI, EN LUI MENTANT...

FLAP
J'AI L'HABITUDE DES GENS QUI ME CÔTOIENT PAR INTÉRÊT.
...
JE SAIS QUE TOUT LE MONDE N'EST PAS COMME ÇA.
MAIS EN DEVENANT CÉLÈBRE, ILS ONT ÉTÉ PLUS NOMBREUX...
C'EST VRAI QUE J'EN AI EU ASSEZ.
ET COMME LE DIT ASANO...
PENDANT UN MOMENT, JE NE VOULAIS PAS DE PETIT AMI...

ALORS...
QUAND J'AI APPRIS QUE TU M'AVAIS MENTI, JE NE PENSAIS PAS...
ME METTRE AUTANT EN COLÈRE.
C'EST SANS DOUTE PARCE QUE C'ÉTAIT TOI...
QUOI... ?

TU DIS QUE M'AVOIR RENCONTRÉ T'A CHANGÉ...
MAIS C'EST PAREIL POUR MOI...
AH...
EUH...
KAZ... KAZAOKA.
Vous faites quoi tous les deux ? Vous jouez ? On joue ensemble ?
Snif
Snif
BATAM

COMME ÇA, PLUS DE GÊNEUSE !
PAUVRE MAKO !
TU JOUERAS AVEC ELLE PLUS TARD !
MAIN-TENANT ...
C'EST L'HEURE POUR MOI DE T'AIMER.
J'AI CHERCHÉ PENDANT LONGTEMPS CES MAINS...
PLUS DOUCES QU'UN SOUFFLE D'AIR...

L'EMPREINTE DE LA PASSION, PAGE 4 • FIN

Plus éloquent
que les mots...

KIRIYÛ !
C'EST FINI ENTRE NOUS.
JE NE PEUX PLUS LE SUPPORTER !
... QUOI ?

... D'AC-CORD.
« D'AC-CORD. »
Zut !
C'EST TOUT CE QUE TU AS À DIRE ?!
« C'EST TOUT »... ?
CLANG
ÇA SUFFIT !!
JE NE VEUX PLUS TE VOIR !!
SALUT !
BATAM

KIRIYÛ !
TIENS ? TAKASE N'EST PAS LÀ ?
POURTANT, D'HABITUDE, IL EST COLLÉ À TES BASQUES COMME UN PETIT TOUTOU !
AH... C'EST PARCE QU'ON A ROMPU.
...
QUI A ROMPU AVEC QUI ?
MOI ET TAKASE.
MAIS POURQUOI ?! IL ÉTAIT FOU AMOUREUX DE TOI !
BON... IL ÉTAIT UN PEU LOURD...
MAIS QU'EST-CE QUI TE DÉPLAISAIT CHEZ UN TYPE SI DÉVOUÉ ?!
CHUCHOTE CHUCHOTE

KONNO, TU TE TROMPES.
C'EST LUI QUI M'A JETÉ.
OH ! NON ! MONSIEUR TAKASE !
KYAH ! KYAH !
Ha ! Ha ! Ha !
QUEL BEAU PARLEUR VOUS ÊTES !
HEIN ?!
À L'ORIGINE, IL AIMAIT LES FEMMES...
ET FINALEMENT, IL LES PRÉFÈRE AUX HOMMES !
KIRIYÛ...

AH...
SWIP
Archives
...

KIRIYÛ.
HMM ?
SORTEZ AVEC MOI, S'IL VOUS PLAÎT.
JE VOUS AIME.
IL ÉTAIT IMPOLI, EFFRONTÉ ET DE QUATRE ANS MON CADET.
JE PEUX... VOUS EMBRASSER ?
J'AVAIS REMARQUÉ QU'IL M'APPRÉCIAIT.
QUOI... ?
NON... ?

TANT PIS...
JE N'ÉTAIS PAS CONTRE.
ET QUAND IL A VOULU ALLER PLUS LOIN...
JE ME SUIS DEMANDÉ « SUIS-JE D'ACCORD PARCE QUE C'EST LUI ? ».

KIRIYÛ, BOIS UN PEU PLUS !
MAIS OUI, JE BOIS !
NE T'INQUIÈTE PAS, JE VAIS BIEN.
PFF
ÇA NE SE VOIT PAS SUR TON VISAGE…
MAIS TU NE VAS PAS BIEN !
TU AIMES ENCORE TAKASE, NON ?!
OUI…
JE L'AIME ENCORE…

MAIS...
QUAND IL EST À SENS UNIQUE...
L'AMOUR NE DURE PAS, N'EST-CE PAS ?
PLUTÔT QUE DE SORTIR AVEC UN HOMME ENNUYEUX COMME MOI...
APRÈS MOI, C'EST AU TOUR DE MONSIEUR KONNO ?
IL VAUT MIEUX QUE TAKASE MÈNE UNE VIE HONNÊTE EN SE MARIANT AVEC UNE GENTILLE FILLE !
KIRIYÛ ...
TAKASE ?!

TOI AUSSI, TU ÉTAIS LÀ, TAKASE ?
JE TROUVAIS QUE VOUS VOUS ENTENDIEZ BIEN AVEC MONSIEUR KONNO...
MAIS VOUS COUCHIEZ AUSSI AVEC LUI ?
GRR
TAKASE ?!
QU'EST-CE QUE TU DIS... ? TU ES IVRE ?!
OUI, JE SUIS SOÛL !
MAIS J'AI L'ESPRIT CLAIR !
APRÈS, VOUS ALLEZ TOUS LES DEUX VOUS RENDRE DANS UN HÔTEL ?
GYAAH !
TAKASE !! TU PARLES TROP FORT !! TAIS-TOI !!
SOR... SORTONS D'ICI !!

PFF ! C'EST DU JOLI, TOUT ÇA !
BON, JE TE CONFIE CET IVROGNE !
EXPLIQUEZ-VOUS TOUS LES DEUX !
KONNO... JE SUIS DÉSOLÉ !
ÇA VA, TAKASE ?
TIENS, DE L'EAU.

...
TU ES COMME D'HABITUDE, KIRIYÛ !
... QUOI ?
MALGRÉ NOTRE RUPTURE, TON ATTITUDE ENVERS MOI N'A PAS DU TOUT CHANGÉ.
TAKASE...
AH OUI...
HÉ ! HÉ !
C'EST VRAI !

DÈS LE DÉPART, NOUS NE SORTIONS PAS ENSEMBLE…
POURQUOI TU CHANGERAIS… ?
NOUS ÉTIONS DE SIMPLES SEX FRIENDS, N'EST-CE PAS ?

AH... ?
VRAI-MENT... ?
MOI... JE CROYAIS QUE NOUS SORTIONS ENSEMBLE...
J'ÉTAIS... LE SEUL QUI LE PENSAIT... ?

J'AI DIT QUE JE T'AIMAIS, MAIS TU NE ME L'AS JAMAIS DIT !!
CLANG
QU'EST-CE QUE TU DIS ?!
JE NE SAVAIS PAS QUOI PENSER...
ET J'ÉTAIS TOUJOURS MORT D'ANGOISSE... !!
... MOI...
JE T'AIME, TAKASE !

...
KIRIYÛ, TU M'AIMES ?
OUI.
HAAA !
POUM
C'EST LA PREMIÈRE FOIS QUE TU ME LE DIS.
BLUSH

TU ES TOUJOURS TRÈS FROID QUAND TU ES AVEC MOI...
POURTANT, TU ES TRÈS ENTREPRENANT PENDANT L'AMOUR...
GRR
ALORS, J'ÉTAIS PERSUADÉ QUE TU N'ÉTAIS AVEC MOI QUE POUR ÇA...
ALORS, JE ME SUIS TROMPÉ.
J'AI L'AIR D'UN IDIOT !
J'AIME COUCHER AVEC TOI !
PARCE QUE JE T'AIME, TAKASE !

BLUSH
GULP
GRASP
CATCH
TAKASE ?!
JE NE PEUX PLUS ME RETENIR !!
HEIN ?!
HOTEL

AAH !!
TAKASE... !! TU VAS TROP VITE...
PARDON.
ÇA M'A EXCITÉ QUE TU ME DISES QUE TU M'AIMES.
HMM !
EN FAIT, J'ÉTAIS TOUJOURS INQUIET...
HMM !
JE SUIS TRÈS HEUREUX QUE TU L'AIES DIT.
HMM ! AAH !

TAKASE...
JE T'AIME, KIRIYÛ...

AU FAIT...
GLOUPS
TU PENSAIS QUE J'ÉTAIS DU GENRE À COUCHER AVEC QUELQU'UN QUE JE N'AIME PAS ?
C'ÉTAIT... UN MALENTENDU. JE SUIS DÉSOLÉ.
MAIS COMME TU AS DIT QUE TU M'AIMAIS...
JE NE TE QUITTERAI PLUS JAMAIS.

JE T'AIME.
HMM...
MOI...
TA...
TAKASE...
C'EST TOI QUI NE ME LAISSES PAS TE LE DIRE !
BLUSH
MOI AUSSI... JE...
T'AI...

TA-KASE...
JE T'AIME.
LES SENTIMENTS QUE JE PENSAIS TE TRANSMETTRE...
JE VEUX DÉSORMAIS TE LES DIRE AVEC DES MOTS.
PLUS ÉLOQUENT QUE LES MOTS * FIN

Secret Gallery 1

Sexy Gallery

Gallery 3

Inédit
JEUX SOLITAIRES
JE M'AP-PELLE MAKO.
MON MAÎTRE, C'EST TAKASHI KAZAOKA.
IL EST TRÈS BEAU, NON ?
MAKO L'ADORE !
À L'ORIGINE, UN AMI DE TAKASHI M'A RECUEILLIE...
ELLE A ÉTÉ ABANDONNÉE DEVANT LE CAFÉ.
JE LUI CHERCHE UN MAÎTRE...
TU VEUX VENIR CHEZ MOI ?
Miaa
ET DEPUIS, NOUS SOMMES ENSEMBLE.

TAKASHI EST ÉCRIVAIN, ALORS IL EST SOUVENT À LA MAISON.
QUAND IL TRAVAILLE, IL NE S'OCCUPE PAS DE MOI.
On joue ?
Non
MAKO EST TRISTE, MAIS ELLE PATIENTE...
Je vais jouer toute seule.
PARFOIS, SON ÉDITRICE VIENT À LA MAISON.
CELA FAISAIT LONGTEMPS, MONSIEUR KAZAOKA !
JE VOUS AI APPORTÉ UN EN-CAS ! ♥
OH !
QUELLE MIGNONNE PETITE CHATTE ! ♥
Je suis gentille et j'aime les animaux ! ♥
JE DÉTESTE CETTE FEMME !
RLAN
HEUREUSEMENT, TAKASHI NE L'AIME PAS NON PLUS.
PFF... ELLE EMPESTE LE PARFUM...

MONSIEUR KAZAOKA, COMMENT AVANCE VOTRE MANUSCRIT ?
UN HOMME AUSSI PASSE CHEZ NOUS.
Avant-hier, vous disiez « très bientôt »...
Hier, c'était « incessamment »...
...
... ÇA VA ME PRENDRE ENCORE UN PEU DE TEMPS. PATIENTEZ UN PEU.
HAAA... !
... J'en étais sûr !
ÇA FAISAIT LONGTEMPS, MA PETITE MAKO !
GRASP
ギュウウウ
TU ES MIGNONNE, COMME TOUJOURS !
J'avais envie de te voir ! ♥
CET HOMME AUSSI, JE LE DÉTESTE !
TIENS, UN CADEAU ! ♥
... MAIS IL PEUT VENIR, SI C'EST PAS SOUVENT !

BONJOUR MAKO !
CES DERNIERS TEMPS, UN GARÇON NOMMÉ MASATO VIENT AUSSI.
IL EST MIGNON, ALORS MAKO L'AIME BIEN.
RON RON
DÉSOLÉ ! ÇA VA ME PRENDRE TOUTE LA SOIRÉE.
TAKASHI AUSSI L'AIME.
IL DORT PARFOIS ICI, ALORS IL EST COMME UN CHAT ERRANT...
ON VA L'ATTENDRE TOUS LES DEUX !
Miaa
MOI, LE CHAT DE LA MAISON, JE SUIS GENTILLE, ALORS JE L'AIME COMME UN PETIT FRÈRE.

BRAVO POUR TES EFFORTS, KAZAOKA ! TU VEUX DÉJEUNER ?
OU ALORS TE REPOSER ? TU N'AS PRESQUE PAS DORMI !
GRASP
KA...
KAZAOKA ?!

POUF
JE VEUX FAIRE L'AMOUR !
CETTE NUIT, JE SUIS ALLÉ AUX TOILETTES...
Ah... !
ET J'AI ENTENDU DES BRUITS SUSPECTS VENANT DE LA CHAMBRE...
Hmm...
... ÇA NE TE RAPPELLE RIEN ?

AH...
HMMM... !
KA... ZA... O... KA !
カァーーッ
BLUUSH
TU M'AS ENTEN... ?
L'HEURE LIMITE APPROCHAIT, DONC JE ME SUIS MAÎTRISÉ...
MAIS DEPUIS, J'AI TRÈS ENVIE DE TOI...
ALORS, ASSUME TES RESPON-SABILITÉS !
CRAC
HEEIN ?!
KA... KA... KAZAOKA !
MAKO AUSSI ATTENDAIT DE JOUER AVEC TOI !

JEUX SOLITAIRES * FIN

POSTFACE

MERCI BEAUCOUP D'AVOIR ACHETÉ « L'EMPREINTE DE LA PASSION ».
C'EST MON PREMIER MANGA CHEZ TAÏFU. JE M'APPELLE MASARA MINASE.
Je suis Mako.
QUAND J'AI ÉCRIT CETTE HISTOIRE, JE VOULAIS DESSINER UN HÉROS COURAGEUX ET DÉVOUÉ.
MONSIEUR KAZAOKA, CELUI QUE MASATO CHERCHE À CONQUÉRIR, EST UN HOMME BEAU ET ORGUEILLEUX, DIGNE DE SA DÉVOTION.
MASATO Y PARVIENDRA-T-IL... ?
Je suis devenu un adulte indépendant.
Quoi ?!
PLUS VIEUX, MASATO SERA SANS DOUTE ENCORE PLUS BEAU.
LA PROCHAINE FOIS, J'AIMERAIS BIEN DESSINER UNE HISTOIRE OÙ C'EST LUI QUI MÈNE MONSIEUR KAZAOKA PAR LE BOUT DU NEZ ! ♥

Heureusement que c'était pas des nus...

POSTFACE * FIN

Bravo : vous avez réussi,
Vous voici sur la page « Atelier » !

Sur cette page vous trouverez en illustration le projet du jour, ainsi que la liste des projets.

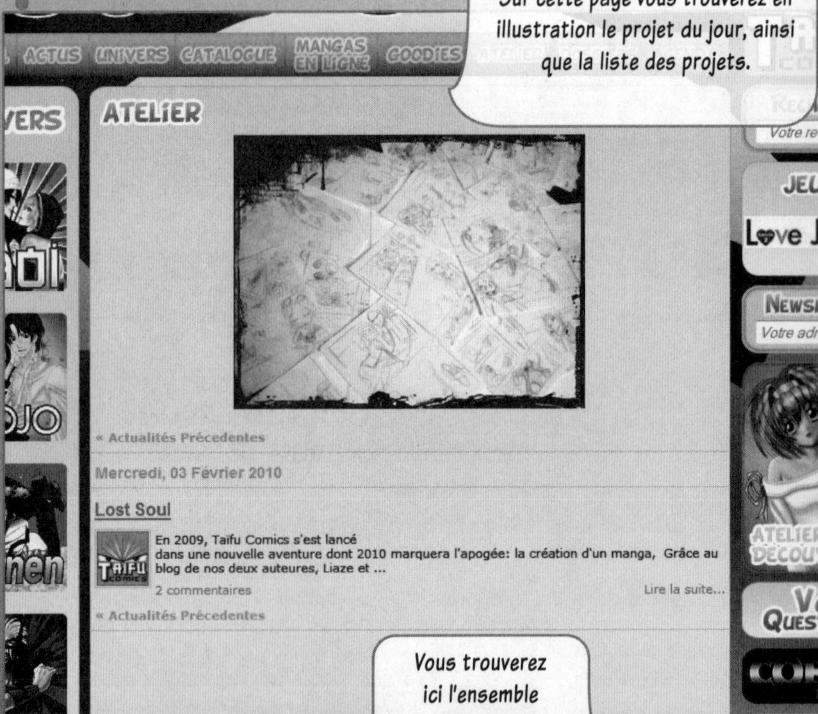

Vous trouverez ici l'ensemble des projets.

manga-taifu.com

Découvrir le nouveau site de Taïfu :

LES UNIVERS

c'est l'ensemble de la collection de Taïfu : Yaoi, Shojo, Shonen, Seinen, Cobra, et Hentai (liste non exhaustive ^^).

manga-taifu.com

Aller sur la page : www.manga-taifu.com ^^

Via la barre des menus : cliquez sur « Univers », ou bien , ...

... À gauche de la page : vous pouvez faire defiler les univers.

Super !
Vous voici sur la page « Univers»
de votre choix ! (Les autres univers
sont toujours accessibles ...)

Dans l'univers choisi vous
trouverez toutes les infos sur vos
séries préférées : actualités,
nouveautés, dossiers et
les futures sorties.

À droite de votre écran
vous pouvez accéder à
la totalité du catalogue
(ici le catalogue Yaoi).

manga-taifu.com

Bravo : vous avez réussi,
Vous voici sur la page « Jeux » !

Sur cette page vous trouverez des exclusivités à gagner : artworks, dédicaces, et encore beaucoup d'autres cadeaux !

Indiquez vos coordonnées, et jouez !

manga-taifu.com

Découvrir le nouveau site de Taïfu :

DOSSIERS

Les dossiers sont des articles sur les séries s'adressant aussi bien aux lecteurs qu'aux professionnels. Retrouvez-y des infos sur vos héros.

manga-taifu.com

Aller sur la page : www.manga-taifu.com ^^

Vous pouvez accéder à la page « Dossiers » via la barre des menus,

ou bien même par l'illustration « Dossier » (ici le dossier cobra).

Dans la page « Dossiers », vous pouvez choisir le votre !

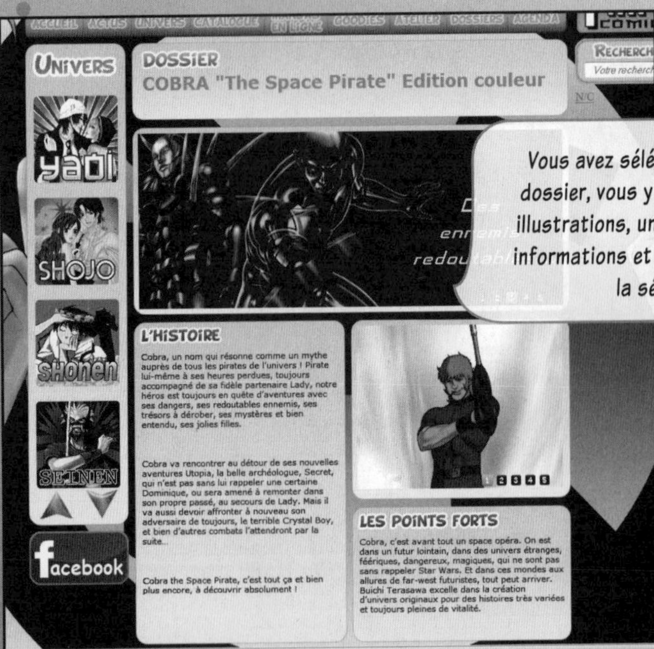

Vous avez séléctionné votre dossier, vous y retrouvez des illustrations, un synopsis, des informations et une analyse de la série.

manga-taifu.com

LOVE MODE

Love Mode nous décrit les destins croisés de plusieurs personnages qui fréquentent tous le «Blue Boy», un club de rencontres. Des histoires d'amour romantiques, émouvantes, passionnées ou tragiques s'entremêlent dans ce manga original et magnifique.

Tendre voyou

Le Conseil des Elèves garde toujours un oeil sur Towa Aikawa, un étudiant « délinquant » qui aime se cacher sur le toit de l'école, son petit endroit « illégal ».
Un jour, en allant sur son toit, il se retrouve nez à nez avec Mikado Shirahane, le garçon le plus sexy et intelligent de l'école....
Pourquoi Towa tomberait-il amoureux de Mikado ? Peut-être à cause des baisers passionnés et des regards langoureux de ce dernier ?

La vie raffinée de Mr Kayashima

Sumito Kayashima est un richissime et solitaire jeune homme. Une nuit de tempête il se rend chez son jardinier personnel et lui déclare sa flamme...

Le jardinier, troublé par cette déclaration hautaine et brutale, l'accepte pourtant, mais sous certaines conditions. M. Kayashima se montre un maître étonnement docile…

INTERVAL

Ayumu Kashiwagi fait partie du club de saut à la perche de son lycée. Il est secrètement amoureux de Takahito Shinohara, mais Atsushi Sawatari, un élève plus âgé et s'entraînant dans le même club qu'Ayumu, le découvre et en profite pour abuser sexuellement de lui. Sawatari semble froid et indifférent, mais il manifeste parfois des marques de gentillesse envers Ayumu. Ce dernier en éprouve un grand trouble...

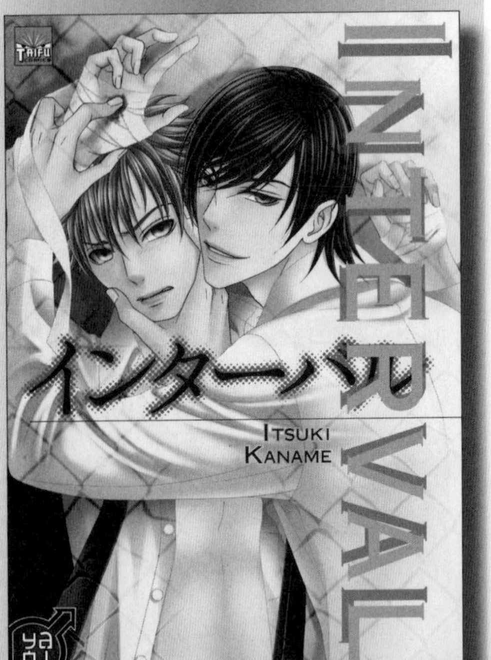

BROTHER

Asuka a 12 ans lorsqu'il rencontre pour la première fois son frère par alliance, Yui âgé de 7 ans. Les deux garçons se lient immédiatement et deviennent vite inséparables jusqu'au jour où ils se retrouvent enfermés dans un cagibi. Dès qu'ils sont libérés, Yui change du tout au tout et évite Asuka, au point de partir de la maison en intégrant une école de tennis.
10 ans plus tard, Yui est devenu un champion de tennis alors qu'Asuka ne s'est toujours pas remis du départ de son « frère ».

Les deux jeunes hommes finissent par se retrouver au même endroit et Yui dévoile ce qui s'est passé 10 ans auparavant et comment cela l'a transformé.
La vie des garçons va-t-elle être chamboulée à tout jamais ou parviendront-ils à se rapprocher et redevenir unis comme avant.

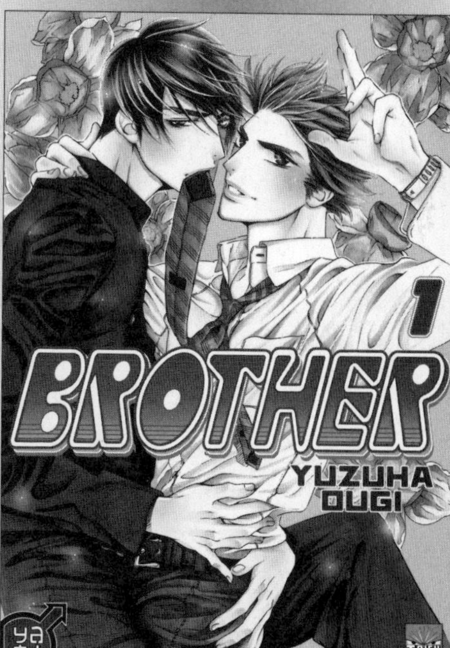

TAIFU COMICS

VIVRE POUR DEMAIN

Tasuku est surnommé «Le chanceux» par les garçons de son école. Ils désirent tous coucher avec lui, convaincus qu'ils deviendront eux aussi des chanceux.
Tasuku se dit qu'il pourrait suggérer à Oono, son ami d'enfance, de coucher avec lui car ce dernier s'adonne aux jeux d'argent...

I.D.

Hinari, un jeune détective de police effectue une livraison d'échantillons au laboratoire médico-légal. Il y rencontre un chercheur, Yasoshima Shiro qui rappelle à Hinari son premier amour… un gentil commissaire.
Frappé au cœur dès le premier regard, Yasoshima tombe sur Hinari comme un fauve sur sa proie. Bien qu'il ait du mal à l'admettre, ce dernier n'est pas aussi insensible que ça au charme de Yasoshima. Pourra-t-il résister longtemps à cet étrange et beau scientifique ?!
Laissez-vous entraîner dans cette histoire d'amour drôle et délicate !

Steal Moon

Nozomi gagne sa vie en remportant des combats de rue, jusqu'au jour où un homme mystérieux du nom de Coyote le bat avant de le vendre à un site internet pour voyeurs. Nozomi découvre alors l'existence d'un gigantesque réseau de surveillance et apprend que c'est dans le seul but de démanteler ce réseau qu'il a été kidnappé par Coyote. Les sentiments de Nozomi se font de plus en plus forts pour son ravisseur... Jusqu'au moment où il apprend la terrible vérité...

ATTENTION !

Cette bande-dessinée est publiée dans son sens de lecture original japonais, les bulles se lisant de droite à gauche.

Vous êtes donc ici à la FIN !

TOIKI YORIMO YASASHII

Originally published in Japan in 2008 by Frontier Works Inc.,Tokyo.
French translation rights arranged with Frontier Works Inc.,Tokyo, through TOHAN CORPORATION, Tokyo.

Dépôt légal à parution
ISBN 978-2-35180-493-3

Directeur de collection : Yves Huchez

Traduction : Emilie Nogaro
Correction et adaptation : Marie Hervé

Conception graphique : Jef.Mod
Adaptation graphique et lettrage : Anne Demars

Imprimé en France par Hérissey à Évreux (Eure) - N° 116509